Caramelo con Thomas Edison

De Kyla Steinkraus

Ilustrado por Sally Garland

Rourke
Educational Media
rourkeeducationalmedia.com

www.rourkeeducationalmedia.com

Edited by: Keli Sipperley
Cover and Interior layout by: Tara Raymo
Cover and Interior Illustrations by: Sally Garland

Library of Congress PCN Data

Caramelo con Thomas Edison / Kyla Steinkraus
(Tienda de Dulces Salto en el Tiempo)
ISBN (hard cover)(alk. paper) 978-1-68191-372-8
ISBN (soft cover - English) 978-1-68191-414-5
ISBN (e-Book - English) 978-1-68191-455-8
ISBN (soft cover - Spanish) 978-1-68342-255-6
ISBN (e-Book - Spanish) 978-1-68342-270-9
Library of Congress Control Number: 2016956528

Printed in the United States of America,
North Mankato, Minnesota

Estimados padres y maestros:

Fiona y Finley son como cualquier niño de hoy en día. Ayudan con el negocio familiar, se enfrentan a luchas y triunfos en la escuela, viajan en el tiempo con importantes figuras históricas...

Bueno, tal vez esa parte no sea tan común. En la Tienda de Dulces Salto en el Tiempo puede pasar cualquier cosa, en cualquier punto en el tiempo. La panadería familiar atrae a clientes de todas partes y de todos los libros de historia. Y cuando el loro Tic Tac grazna, ¡Fiona y Finley saben que una aventura está a punto de comenzar!

Estos libros por capítulos para principiantes están diseñados para introducir a los estudiantes a personajes importantes en la historia de EE.UU., convirtiendo sus éxitos en aventuras que Fiona, Finley y los jóvenes lectores pueden experimentar junto con ellos.

Perfectos para leer en voz alta, en coro o por lectores independientes, los libros de la serie Tienda de Dulces Salto en el Tiempo fueron escritos para deleitar, informar e involucrar a su hijo o estudiantes haciendo que cada figura histórica sea creíble. Cada libro incluye una biografía, preguntas de comprensión, sitios web para otras lecturas y más.

¡Quedamos a la espera de poder viajar con ustedes a través del tiempo!

Feliz lectura,
Medios de Enseñanza Rourke

Índice

Desastre en la cocina

—Por favor, pásame los chips de chocolate —pidió Finley a su hermana Fiona.

Estaban trabajando detrás del mostrador de la tienda de dulces. Mamá estaba en la parte posterior haciendo sus famosos pasteles de crema pastelera.

Finley y Fiona ayudaban a sus padres después de la escuela. Finley sabía hacer muchas cosas porque era un año mayor que su hermana Fiona. Pero Fiona era tan alta como Finley, por lo que seguía creyendo que era la jefa en todo.

La tienda de dulces era especial porque tenía postres de diferentes épocas, desde pastel de nuez molida al pudín de ciruela o al delicioso pastel de crema de Boston. Una de las cosas favoritas de Finley era hornear golosinas nuevas y fantásticas.

Era miércoles por la tarde, el día antes de la gran venta de pasteles en la escuela. La clase de Finley estaba recaudando dinero para la excursión al museo de ciencias. Finley quería hacer el postre más sorprendente jamás inventado. Después de todo, su apodo era el Rey de las Magdalenas.

Pero ahora, lo único que tenía eran cinco magdalenas tristes y blandas que sabían más a brócoli que a un postre fantástico.

—Está bien, pruébalo ahora. —Sumergió una cuchara en el relleno pegajoso y se la dio a Fiona.

7

—¡Puaj! —jadeó Fiona, tratando de no escupirlo—. ¿Qué tiene? ¿Espinacas? ¿Queso mohoso?

—¡Cruac! —graznó el loro Tic Tac desde su percha junto a la puerta lateral—. ¿Quién quiere queso mohoso?

—¿Quién? ¡Nadie! —dijo Fiona.

—¡Eso no es gracioso! —Los hombros de Finley se desplomaron—. Me rindo. ¡Nunca más lograré nada sorprendente!

Recogió las magdalenas y las tiró a la basura.

Fiona quiso decir algo útil para que Finley se sintiera mejor, pero estaba demasiado ocupada quitándose todo el sabor asqueroso de la lengua.

Tic Tac graznó de nuevo y agachó su cabeza emplumada.

—¡Mira la hora! ¡Mira la hora!

Finley se limpió la nariz. Fiona se apresuró al contador. ¡Alguien especial estaba a punto de visitarlos!

El timbre de la puerta lateral sonó. Entró un hombre bajito. Tenía el pelo blanco, salvo las cejas. Eran negras y retorcidas, como orugas. Tenía la ropa muy arrugada, como si hubiera olvidado cambiarse cuando se levantó en la mañana.

—¡Hola, señor! —dijo Fiona.

—¿Eh? —dijo el hombre. Parecía conocido—. Habla más alto por favor. Soy medio sordo.

Finley sonrió y tocó el audífono dentro de su oído.

—¡Yo también!

De repente, las luces de la tienda de dulces se encendieron y apagaron.

—¡Oye! Sé quién eres —dijo Fiona—. ¡Thomas Edison!

—¡Inventaste la bombilla! —dijo Finley.

El hombre asintió con la cabeza.

—Sí, lo hice. Y muchas otras cosas. ¡Paso tanto tiempo inventando que a veces me olvido de comer! ¡Y de dormir! —Finley se rio. ¡Eso explicaba su ropa desordenada!

"Vine por un poco del famoso caramelo que haces. O por los pastelitos de manzana. ¡También me encantan! —Thomas miró a través del cristal las filas y filas de postres, galletas, pasteles, dulces y tortas que mamá y papá habían hecho esa mañana.

Thomas notó la pila de ingredientes desordenados en el mostrador. Luego echó un vistazo a la basura.

—¿Por qué hay tan buenos postres en la basura?

—No son nada buenos —murmuró Finley—. Estoy tratando de inventar un nuevo postre, pero no puedo lograrlo.

—Hay una manera de hacerlo mejor. ¡Descúbrela! —dijo Thomas, levantando un dedo.

Finley negó con la cabeza. Ya lo había intentado. Y había fracasado.

—Cada vez que lo intento, hago un desastre.

—No has fracasado. Acabas de descubrir otro método que no funciona. ¿Sabes cuántas veces traté de hacer que mi bombilla funcionara?

—¿Cien? —preguntó Fiona.

—No. ¡Fueron más de seis mil intentos!

—¡Guau! —exclamaron Finley y Fiona.

—Si yo intentara sólo un nuevo experimento cada día, tardaría más de dieciséis años en encontrar el más adecuado —dijo Thomas.

—¡Son más años que los que tenemos Finley y yo! —dijo Fiona.

Finley ni siquiera podía imaginar ese número. Se sentía cansado de sólo pensarlo.

—Mmm. Creo que los pastelitos de manzana pueden esperar. Vengan conmigo, niños. Tengo algo para mostrarles.

Fiona saltó arriba y abajo.

—¿A dónde vamos?

—A mi laboratorio en Menlo Park, Nueva Jersey. La fecha es el 31 de diciembre de 1879. Agarren sus abrigos. ¡Hará frío!

Mamá asomó la cabeza. Le sonrió a Thomas y lo saludó con la mano. Sus manos estaban blancas, llenas de azúcar en polvo.

—¡Regresen a tiempo para la cena!

Finley y Fiona corrieron alrededor del mostrador y siguieron a Thomas a la puerta lateral.

—¡Hasta pronto! —graznó Tic Tac mientras la tienda de dulces empezaba a dar vueltas.

Aventura en Menlo Park

Todo giró y zumbó. Fiona y Finley sentían como si estuvieran dando volteretas.

¡Pum! Aterrizaron en un piso de madera dura.

—¡Guau! ¡Eso fue genial! —gritó Fiona sonriendo. Hizo otra voltereta, sólo por diversión.

A Fiona le encantaba la gimnasia. A Finley no.

—¡Ay! —dijo Finley, frotándose el trasero.

Estaban en un salón enorme con mesas de madera cubiertas con máquinas científicas extrañas y anticuadas.

—¡Guau! —Fiona se quedó mirando las filas y filas de estantes. Estaban repletos de botellas y frascos de vidrio con todo tipo de cosas interesantes. Algunos tenían tornillos y

agujas, cables, alambres y pelos de camellos y conejos. Otros frascos contenían tela de seda, caparazones de tortuga y plumas.

Finley levantó un frasco con dientes de tiburón.

—¿Son reales?

—Ah, sí —dijo Thomas—. Nunca sabes qué funcionará. Lo intento todo.

Finley agarró una lámpara vieja.

—¿Qué es esto?

—Es lo que utilizamos para la luz. La gente usa velas. También usan lámparas de petróleo o de gas, como esta. El aceite de la lámpara hace arder la mecha por más tiempo.

—No iluminan mucho —dijo Fiona.

Thomas asintió.

—Son muy tenues. También pueden causar incendios peligrosos. Dejan hollín negro en las paredes. Es por eso que he estado trabajando muy duro para crear una bombilla segura que dure mucho tiempo. Debe ser lo suficientemente barata para que cada familia la tenga en casa.

Llevó a los niños hacia una bombilla de aspecto curioso. Era redonda como un tomate, con la parte superior alta y puntiaguda. Los cables en su interior brillaban intensamente.

—Otras personas hicieron bombillas antes que yo, pero funcionaban por poco tiempo. Necesitábamos encontrar el alambre perfecto, llamado filamento, para que iluminara mucho tiempo.

—¿Eso es lo que tomó seis mil intentos? —preguntó Finley.

—Sí. Trabajamos casi todos los días durante muchos meses. Nos quedamos hasta muy tarde. Más importante aún: nunca nos rendimos.

—¿Quiénes son "nosotros"? —preguntó Finley, mirando la habitación vacía.

—Mi equipo. Tuve hasta doscientas cincuenta personas trabajando conmigo en mis inventos.

Los ojos de Fiona se agrandaron.

—¿Inventaste más cosas?

Thomas señaló una máquina en una mesa.

—Es un fonógrafo. Fue la primera grabación mundial. Captura el sonido y lo reproduce. Más tarde, esta invención condujo al tocadiscos y a los reproductores de CD. Adelante, pueden probarlo.

El fonógrafo tenía un instrumento grande parecido al extremo de una trompeta. Finley se inclinó.

—¿Por qué la galleta fue al médico?

Una aguja hizo líneas finas en una hoja de papel aluminio envuelto alrededor de un cilindro. La voz de Finley hizo eco. "¿Por qué la galleta fue al médico…".

Thomas pensó un momento. Luego sonrió.

—¡Porque se sentía hecha polvo!

—¿Entiendes? Polvo de galletas. —Finley le dio un codazo a Fiona. Fiona se rio.

—¡Quiero intentarlo!

Finley quería hacerlo de nuevo, y fingió que no podía oírla.

Fiona lo conocía bien. Puso las manos sobre sus caderas y se acercó a su oído.

—¡Sé que puedes oírme! —gritó tan fuerte como pudo.

—¡Ay! —exclamó Finley. Le dio una vuelta a Fiona.

—¡Guau! !Esto es increíble! —dijo Fiona.

Thomas fue a la ventana y miró afuera.

—¡Ya casi es hora!

—¡No es hora de volver ya! —gruñó Fiona. Thomas sonrió.

—Aún no. ¡Es hora de mi gran demostración! ¡Es la primera vez que la gente podrá ver mi bombilla funcionando! De todas partes viene gente a Menlo Park. ¡Vengan! ¡Vamos a iluminar la noche!

Edison ilumina la noche

Finley y Fiona siguieron al inventor abajo y afuera, hacia el frío de la noche. La nieve salpicaba el suelo. Cientos de personas llenaban la calle. Los hombres vestían trajes lujosos. Las damas llevaban vestidos de seda y abrigos de piel. Todos contemplaban las bombillas de luz tenue que adornaban el laboratorio.

Thomas condujo a la gente a través de su laboratorio. Jadearon al ver que las luces eléctricas se encendían y apagaban. Finley y Fiona estaban junto al inventor orgulloso. Imaginaron cómo sería ver algo así por primera vez.

Thomas explicó pacientemente cómo funcionaba su bombilla. Los reporteros escribían todo lo que decía. ¡Muy pronto, algunos visitantes también comenzaron a hacer preguntas a Finley y a Fiona!

Thomas entregó una bombilla a Fiona y otra a Finley.

—Les mostraré algunas a la gente de la planta baja. ¿Pueden hacerse cargo?

Finley negó con la cabeza. Sentía como si su estómago estuviera haciendo saltos mortales.

—No sé. ¿Qué pasa si se me cae?

—Confío en ti —dijo Thomas.

Fiona y Finley sostuvieron las curiosas bombillas para que la gente las tocara.

Thomas regresó mucho tiempo después. Los tomó de la mano y los llevó al fondo del laboratorio. Se sentaron en el banco de un viejo órgano de tubos.

—Lo toco cuando necesito un descanso para pensar —dijo Thomas. Parecía cansado.

—Quiero ser un inventor cuando sea mayor —dijo Finley—. El inventor de los mejores postres en todo el mundo.

—¿Por qué esperar hasta que seas mayor? —preguntó Thomas—. Empecé mis experimentos cuando era sólo un niño. De hecho, una vez quemé accidentalmente el granero de mi familia. ¡Y sólo tenía seis años!

—Eso es terrible —dijo Finley.

—¡Eso es increíble! —dijo Fiona.

Thomas se rio.

—Seguí intentando. Nunca me rendí.

Finley bajó la cabeza y se quedó mirando el piso.

—¡Pero es muy difícil!

—Hacer algo grande nunca es fácil —dijo el

inventor—. ¡La forma más segura de tener éxito es intentarlo siempre una vez más!

Finley se sintió mejor. Sintió determinación.

Un asistente de Thomas Edison se acercó rápidamente y le dijo algo al oído.

—Tengo mucho trabajo por hacer, niños —dijo Thomas—. El caramelo tendrá que esperar. Mejor aún, la próxima vez que los visite, más bien comeré un poco de tu postre recién inventado, Finley.

Los dos niños abrazaron al inventor.

—¡Aquí vamos de nuevo! —dijo Finley mientras el laboratorio empezaba a dar vueltas.

Irrumpieron por la puerta lateral de la tienda de dulces.

—¡Ya era hora! —graznó Tic Tac alegremente.

Mamá levantó la vista y les guiñó el ojo.

—¡Bienvenidos! ¿Tienen hambre?

—¡Tengo tanta hambre que podría comer un pastel entero! —dijo Fiona—. ¡Tal vez dos pasteles enteros!

Finley se quitó la chamarra. Se subió las mangas. Tenía una idea.

—¡Tengo trabajo que hacer, mamá!

—Te ayudaré —dijo Fiona.

Fiona y Finley trabajaron toda la noche. Cuando no funcionaba algo, lo intentaban de nuevo. Y otra vez. Pronto, el mostrador estuvo cubierto de harina, azúcar, huevos y moldes para magdalenas.

—¡Tienes glaseado en la nariz! —dijo Finley.

Fiona se limpió el glaseado y lo lamió.

—¡Está muy bueno! —Finley ladeó la cabeza—. ¿Qué? No te oí. ¿Puedes decirlo de nuevo?

—¡Me oíste! —dijo Fiona sonriendo.

Finley moldeó con cuidado el glaseado cremoso y amarillo.

—Creo que está listo.

Al día siguiente, Finley llevó sus magdalenas de merengue de limón, arándanos y canela a la venta de pasteles. Tenían la misma forma que las bombillas de Thomas Edison. Su sabor era ligero, cálido y delicioso.

Se agotaron en diez segundos exactos.

Sobre Thomas Edison

Thomas Edison nació en
Milan, Ohio, el 11 de febrero
de 1847. Era el menor de
siete hijos. Le dio fiebre
púrpura cuando era niño
y perdió la mayor parte
de su capacidad para oír.
Pero nunca dejó que eso
lo detuviera. Le encantaba
experimentar. Trató de
averiguar cómo y por qué funcionaban las cosas.

Cuando tenía seis años, uno de sus experimentos
provocó un incendio en el granero de la familia.
Quedó hecho cenizas. Cuando tenía diez años,
convirtió el sótano de su familia en un laboratorio
con tubos de ensayo, vasos de precipitado y
productos químicos. Su mamá le dio un libro de
experimentos. Hizo todos y cada uno y se enamoró
de la ciencia. Su mamá lo apoyaba y animaba.
Cuando había una explosión en el sótano, su padre
gritaba "¡Nos va a hacer explotar!".

Ya de adulto, Thomas construyó su propio
laboratorio en Menlo Park, Nueva Jersey.

Trabajaba largas horas y dormía poco. Sus ropas estaban arrugadas con frecuencia. En un momento dado, tuvo a 250 personas trabajando para él, e hizo cuarenta y cinco inventos al mismo tiempo. Aun así, tenía tiempo para bromas, tocar el órgano de tubos y comer albóndigas de manzana, su comida favorita.

En 1878 inventó el transmisor de carbono, haciendo que la voz humana sonara más fuerte. Este invento mejoró el teléfono y el micrófono. También inventó la primera máquina de grabación, llamada fonógrafo. El fonógrafo hizo posibles los tocadiscos y los reproductores de CD. En 1879 mejoró la bombilla. Cada familia podría tener luz eléctrica segura y duradera en sus hogares. En 1894 inventó la máquina de cine. Las personas introducían una moneda en una ranura, daban vuelta a una manija y miraban un visor. Como si fuera magia, veían caballos al galope y osos bailando en el circo. Thomas Edison también inventó una muñeca que hablaba, una batería para autos y el cemento Portland.

Thomas Edison murió a los ochenta y cuatro años. Patentó 1,093 inventos.

Preguntas de comprensión

1. ¿Por qué Finley estaba tan molesto al comienzo de la historia?

2. ¿Qué podría haber ocurrido si Thomas Edison hubiera renunciado a inventar la bombilla?

3. ¿Crees que inventar algo nuevo es fácil o difícil? Explica tu respuesta.

Páginas web para visitar (en inglés)

www.easyscienceforkids.com/
   all-about-thomas-edison

www.ducksters.com/biography/
   thomas_edison.php

www.mrnussbaum.com/thomas_edison

P y R con Kyla Steinkraus

¿Qué es lo que más te gusta de la vida de Thomas Edison?

Me encanta que su madre tuviera un papel tan importante en su vida. Cuando él tenía ocho años, lo sacó de la escuela y se encargó de su educación. Lo dejó construir un laboratorio de ciencias en el sótano cuando él tenía sólo diez. Thomas Edison decía: "Mi madre hizo de mí lo que soy". Ella siempre lo apoyó y creyó en él.

A Thomas Edison le encantaban los inventos y los experimentos desde una edad temprana. ¿Cuándo empezaste a escribir?

Escribí mi primera historia a los cinco años. Antes de aprender a escribir, grababa mis historias. En tercer grado decidí que quería ser escritora. Por suerte para mi madre, escribir no requiere de productos químicos peligrosos y no causa incendios.

¿Cuál es el mejor consejo de Thomas Edison?

Creo que el mejor consejo de Thomas Edison es no rendirse nunca, intentarlo siempre una vez más. Entender que todas las cosas buenas requieren de trabajo duro. Por eso dijo: "No he fracasado. Descubrí 10,000 métodos que no funcionan".

Sobre la autora

Kyla Steinkraus vive con su
marido y sus dos hijos en
Tampa, Florida. Le gusta
el dibujo, la fotografía y
la escritura. En las noches
calientes de verano, a su
familia le gusta acostarse en la hierba y mirar
el cielo.

Sobre la ilustradora

Sally Anne Garland nació
en Hereford, Inglaterra, y
se trasladó a las tierras altas
de Escocia a los tres años.
Estudió Ilustración en el
Edinburgh College of Art antes
de mudarse a Glasgow, donde vive con su pareja
y su hijo.